Praise for Storyshares

"One of the brightest innovators and game-changers in the education industry."
— Forbes

"Your success in applying research-validated practices to promote literacy serves as a valuable model for other organizations seeking to create evidence-based literacy programs." — Library of Congress

"We need powerful social and educational innovation, and Storyshares is breaking new ground. The organization addresses critical problems facing our students and teachers. I am excited about the strategies it brings to the collective work of making sure every student has an equal chance in life."
— Teach For America

"It's the perfect idea. There's really nothing like this. I mean, wow, this will be a wonderful experience for young people." — Andrea Davis Pinkney,
Executive Director, Scholastic

"Reading for meaning opens opportunities for a lifetime of learning. Providing emerging readers with engaging texts that are designed to offer both challenges and support for each individual will improve their lives for years to come. Storyshares is a wonderful start."
— David Rose, Co-founder of CAST & UDL

Sigue tu Corazón

Storyshares presents

Published by Storyshares, LLC
Inspiring reading with a new kind of book.

Storyshares
Storyshares, LLC
24 N. Bryn Mawr Avenue #340
Bryn Mawr, Pennsylvania 19010-3304
www.storyshares.org

Interest Level: Post-High School
Grade Level Equivalent: 11.1

ISBN 9798885976473
Book design by Saskia Globig

SIGUE TU CORAZÓN

Tiffany Jones

Storyshares

Tabla de contenido

UNO

Victoria Snead se detuvo en su estacionamiento habitual, detrás de la oficina. Como siempre, ella fue la primera en llegar. El doctor Jacobs llegaría justo antes de las nueve, antes que su primer paciente.

Cerró la puerta de su auto y presionó el botón de alarma. Victoria abrió la puerta posterior de la oficina y entró. Encendió la hornilla y preparó una taza de café. Era lunes por la mañana. Ella no había querido levantarse.

—Estoy celosa —le había susurrado a su esposo, Daniel, esa misma mañana.

—Entonces dimite, Vic —le había dicho él con voz somnolienta.

—Eso es fácil de decir para ti —había respondido Victoria. Lo besó en la mejilla y salió del dormitorio.

* * *

Victoria deslizó su bolso debajo de su escritorio y pensó en su situación.

Daniel trabajaba en casa, diseñando sitios web y manejando su propio horario. Victoria era esclava del reloj. Apenas tenía tiempo para pintar, su verdadera pasión. Su obra de arte acumulaba polvo en casa, en la habitación de huéspedes.

Daniel la había estado instando a dejar de fumar y concentrarse en su arte. Victoria se estremeció al pensar en su trabajo en exhibición. Vivir cerca de la ciudad de Nueva York significaba que había muchas galerías de arte. Aun así, muy pocas personas habían visto sus pinturas. Temía a la crítica.

—Buenos días, doctor Jacobs —dijo ella cuando él entró. Dejó a un lado sus ensoñaciones.

El médico asintió y sonrió. En sus cincuentas, era treinta años mayor que Victoria. Entró en su oficina privada y cerró la puerta.

El escritorio de Victoria se ubicaba justo frente a la puerta de su oficina.

DOS

Victoria empezó a escribir en su computadora, pero su mente estaba con Daniel. Sus pensamientos seguían enfocados hacia su esposo. Probablemente para entonces él estaría preparando té.

Aunque parecía increíble llevaban casi tres años de casados. El tiempo había pasado volando.

Victoria y Daniel habían sido novios en la secundaria y también mejores amigos. Él siempre fue brillante con las computadoras y su negocio había sido un gran éxito. Él quería verla a ella también triunfar, en algo que amara.

Victoria había trabajado para el Dr. Jacobs durante casi cinco años. Consiguió el trabajo justo después de obtener su título de dos años. Él era psiquiatra, y trabajar como su secretaria parecía emocionante. A diferencia de un doctor en medicina, el doctor Jacobs ayudaba a sanar la mente de las personas. Las ayudaba a lidiar con sus problemas.

Victoria terminó la carta para el doctor Jacobs. Se preparó café. El reloj de pared marcaba cinco minutos para las nueve. Se alisó la blusa y esperó a que llegara Amanda Frost. Amanda era la primera cita del doctor Jacobs y nunca llegaba tarde.

Amanda llegó justo a tiempo, luciendo cansada pero alegre. Victoria levantó el teléfono y avisó al doctor Jacobs.

—Puede pasar, señora Frost —dijo Victoria.

—Gracias, señora Snead —respondió Amanda.

Siguieron dos citas. Pronto, llegó la hora del almuerzo. Victoria calentó un plato congelado en el microondas de la sala de empleados. Aturdida, giró la pasta con su tenedor.

—Necesito una señal —se dijo a sí misma—. Necesito algo que me indique la dirección correcta.

TRES

Cuando Victoria regresó de su descanso, la luz de mensajes de su teléfono parpadeó. Era la cita de las dos, cancelando a última hora.

Avisó al doctor Jacobs. Él suspiró.

—Bueno, tengo muchas notas con las que ponerme al día —dijo—. Además, tengo el presentimiento de que el de las tres en punto se alargará más de la cuenta. Se trata de George Harrison, y realmente lo está pasando muy mal.

Victoria asintió en señal de comprensión. Había llegado a conocer bien a los pacientes a lo largo de los años.

La hora pasó lentamente. George llegó un poco antes de las tres. Victoria comenzó a organizar algunos papeles y luego limpió su escritorio. Las dos últimas horas de la jornada laboral siempre se hacían más largas. Sin saber qué hacer, sacó una revista de arte de su bolso.

Antes de que pudiera abrir la portada, entró un hombre. Le resultaba familiar. Parecía muy molesto. Victoria se dio cuenta de que había sido paciente del doctor Jacobs. Pero había pasado más de un año desde su última cita. Hacía fresco afuera, pero el abrigo del hombre estaba hecho para un frío intenso.

—Necesito ver al doctor Jacobs de inmediato. Estoy al límite de mis fuerzas —gimió el hombre.

—Señor, con gusto le concertaré una cita —respondió Victoria cortésmente.

—Necesito verlo ahora. Mi exesposa ha vaciado mi cuenta bancaria. Me acaban de despedir del trabajo —dijo él.

Victoria buscó vacantes en el calendario:

—El doctor Jacobs puede verlo el jueves a las once.

—¡Estaré arruinado para entonces! —gritó el hombre—. ¿Quéharía si estuviera en mi lugar?

—¿Puede darme su nombre? —preguntó Victoria con voz temblorosa.

—No soy nadie, en realidad, pero mi nombre es Andrew Morris —agregó.

—Señor Morris, no soy de las que dan consejos. Pero ya que me lo pidió, le diré lo siguiente. Cada vez que tengo ganas de rendirme, me recuerdo a mí misma que la vida es corta. Sigo poniendo un pie delante del otro. Trato de ir en la dirección correcta —le dijo ella.

Andrew Morris se golpeó la frente y dejó caer la mandíbula inferior. Victoria sintió que se le aceleraba el pulso.

—Oh, ¿por qué no pensé en eso? —preguntó él sarcásticamente—. Vaya, gracias. Lo recordaré cuando esté viviendo en la calle, sin dinero y solo.

El señor Morris salió furioso de la oficina, pegando un portazo al salir. Las campanas sobre la puerta tintinearon salvajemente.

Victoria escribió brevemente sobre lo sucedido en un bloc de notas. Incluyó algo de su propia reacción ante el señor Morris.

Justo cuando había terminado y comenzado a tranquilizarse, alguien más entró.

CUATRO

—Necesito ayuda —dijo la mujer entre lágrimas. Victoria le acercó una caja de pañuelos.

—¿Como puedo ayudarle? —le preguntó.

—Como puede ver, estoy destrozada —respondió la mujer—. Necesito ver al doctor en este momento. Mi hija de diecisiete años me acaba de decir que se va a casar con su novio. Sé que mi esposo se volverá loco cuando se entere. Honestamente, tengo ganas de huir. Es posible que necesite medicamentos para superar todo esto.

Victoria la conocía por su nombre. Jamie Dunbar

era una paciente. Había estado viendo al doctor Jacobs durante los últimos dos años.

—El doctor está con un paciente en este momento, señora Dunbar. Lo mejor que puedo hacer es meterla mañana a las... —comenzó a decir Victoria.

Jamie la interrumpió antes de que pudiera terminar:

—Tengo que trabajar doble turno mañana. ¿Qué tipo de persona es usted para juzgarme, señora Snead?

Victoria aplacó su ira, aunque le fue difícil.

—Soy una persona que no trata de cambiar lo que no puede controlar. Soy una persona que está haciendo todo lo posible por ayudar —dijo.

—Es fácil para usted decirlo —dijo Jamie, todavía secándose los ojos.

Victoria le prometió a Jamie que tomaría nota en un detallado mensaje. Jamie parecía haberse calmado. Quedaron en buenos términos, pero, aun así, la paciente la dejó sintiéndose derrotada. Aunque no era supersticiosa, Victoria se preguntaba si habría luna llena.

CINCO

Victoria se sobresaltó cuando el señor Gordy llegó para su cita de las cuatro. Después de todo lo que había pasado, se había olvidado de que tenía otra cita.

Se le encogió el corazón, cuando recordó lo que había dicho el doctor Jacobs. Había predicho que su sesión con el señor Harrison se alargaría. Victoria observó la expresión del señor Gordy, haciendo su propia predicción.

—¿El doctor está a tiempo? —preguntó. Miró nerviosamente su reloj—: Tengo una agenda muy apretada.

—Bueno —respondió Victoria—, esperemos lo mejor.

Se sentía mentalmente agotada y no quería darle falsas esperanzas.

El señor Gordy suspiró y comenzó a caminar de un lado a otro.

Victoria también comenzó a mirar el reloj. Cuando el señor Gordy llegó, faltaban cinco minutos para las cuatro. El débil tictac parecía más fuerte de lo normal. La tensión llenó el aire, mientras el paciente se incorporaba, dando golpecitos con el pie.

—Veo que ahora falta un minuto —dijo el señor Gordy.

—Sí, puedo verlo —respondió Victoria.

La puerta cerrada detrás de ella permanecía en silencio mientras pasaban los minutos.

—Parece que el doctor Jacobs se está retrasando —dijo él.

El reloj marcaba unos minutos pasadas las cuatro. Ella asintiócon la cabeza.

—Le daré al buen doctor dos minutos más —

anunció el señor Gordy. Pareciendo complacido consigo mismo, finalmente tomó asiento.

El silencio era enloquecedor. Victoria nunca había deseado tanto que sonara el teléfono. Aun así, se dijo a sí misma que debía tener cuidado con lo que deseaba.

El señor Gordy se levantó.

—Parece que el doctor Jacobs está retrasado y debo irme. ¿Es demasiado pedir que la gente cumpla con su horario? —preguntó—. Supongo que reprogramaré, a menos que tenga otra sugerencia.

—Señor, tiene que hacer lo que crea correcto para usted —dijo Victoria.

Ella le dio una nueva cita. Él le dio las gracias y se marchó.

Victoria exhaló y se pasó las manos por el cabello, que caía hasta los hombros.

—¿Qué sigue? —preguntó en voz alta.

Victoria hizo anotaciones de lo que había sucedido con el señor Gordy. Viendo los mensajes del día frente a ella, de repente se sorprendió.

Se dio cuenta de que la señal que había pedido estaba justo frente a sus ojos. El camino que necesitaba estaba en su escritorio, con su propia letra.

SEIS

El señor Harrison salió de la oficina del doctor Jacobs a las cuatro y media. Victoria estaba sentada en su escritorio, con los mensajes en la mano. Se quedó mirando la perilla de la puerta de la oficina de su jefe.

Pensó en su marido, Daniel. Pensó en los pacientes que había tratado ese día. Finalmente, Victoria pensó en sí misma. Ella había pedido una señal ese día en la sala de descanso. Había querido orientación de algún tipo, o tal vez permiso. Victoria se dio cuenta de que la única persona de la que necesitaba permiso era ella misma.

Recogió las notas que había escrito y golpeó suavemente la puerta.

Escuchó al doctor Jacobs decirle que entrara. Victoria abrió la puerta y entró. Su expresión era diferente. El doctor Jacobs le preguntó si estaba bien.

—Sí —respondió ella—. Creo que estaré bien —Respiróhondo, pensando en lo que le dijo a Andrew Morris—. He tomado una decisión. Hoy, recordé lo corta que es la vida. Me di cuenta de que necesito caminar hacia mis sueños —dijo.

El doctor Jacobs estaba callado. Pareció estudiarla.

Victoria miró los mensajes que sostenía. Vio lo que había escrito sobre su conversación con Jamie Dunbar.

—Hay muchas cosas en este mundo que no puedo controlar —continuó Victoria—. Lo entiendo, pero debo tomar el control de mi propia vida. Debo ayudarme a mí misma —sintió que las lágrimas le brotaban, pero se negó a dejarlas caer—. Me temo que debo entregarle mi renuncia, doctor Jacobs. Lo extrañaré a usted y a sus pacientes, y aprecio todo. Ha llegado el momento... —Victoria miróel último mensaje. Le había dicho al señor Gordy que hiciera lo correcto para él—. Ha llegado el momento de hacer lo que es correcto para mí —finalizó.

—Lo entiendo, Victoria, pero la extrañaremos mucho —dijo el doctor Jacobs—. Nunca desalentaría a nadie de seguir su corazón.

SIETE

Victoria apenas podía esperar a llegar a casa. El viaje parecía interminable. Saltó a los brazos de Daniel tan pronto como abrió la puerta.

—Lo hice —dijo ella en su cuello—. Finalmente lo hice.

—¿Renunciaste? —preguntó con incredulidad. En el fondo se había preguntado si ella alguna vez dejaría su trabajo.

Ella le dijo que sí.

—Será mejor que te acostumbres a que esté dando vueltas por la casa —dijo. Su rostro se iluminó de alegría.

—Estoy muy orgulloso de ti, Vic —le dijo Daniel. No podía recordar la última vez que ella había sonreído así. Fue maravilloso ver a su esposa tan llena de felicidad.

Victoria comenzó una nueva pintura esa noche. Se convertiría en su favorita. Cuando miró el autorretrato, pensó en su libertad. Se sentía afortunada de poder hacer lo que amaba.

Unos meses más tarde, vendió su primera pintura. No se vendiópor mucho, pero se sintió bien de todos modos.

También estaban sucediendo otras cosas buenas. Victoria comenzó a enseñar a pintar a los niños de la localidad. Lo que empezó como algo pequeño pronto creció hasta alcanzar los veinte estudiantes.

Victoria sabía que su talento estaba destinado a ser compartido. Entendió la importancia de ayudar a otros a alcanzar sus sueños. Creía en el poder de seguir a tu corazón.

Sobre la autora

Tiffany Jones vive en Florida Central con su esposo y sus dos hijas. Escribir es su pasión y espera algún día publicar uno de sus libros. El concurso Storyshares le dio la oportunidad de escribir una historia que espera que sirva de inspiración para otros.

Sobre el editor

Storyshares es una editorial dedicada a apoyar a millones de adolescentes y adultos con dificultades de lectura, creando una nueva sección en la biblioteca específicamente para ellos. Nuestra colección, en constante crecimiento, ofrece contenido atractivo y culturalmente relevante para adolescentes y adultos, accesible en una variedad de niveles de lectura más bajos.

Storyshares genera contenido interactuando estrechamente con escritores, formando una comunidad para crear este nuevo tipo de libros. Con historias más intrigantes y accesibles, los adolescentes y adultos que se han quedado rezagado están mejorando sus habilidades y descubriendo el placer de la lectura. Para obtener más información, visite storyshares.org.

Fácil de leer. Difícil de dejar a un lado.